# 盛祥蘭詩選

竹内新 訳

思潮社

# 盛祥蘭詩選

竹内新訳

思潮社

# 目次

装幀＝思潮社装幀室
装画＝著者

# 盛祥蘭詩選

# 一粒の種

私が四歳のとき　祖母は背の高い人だった
私が八歳のとき　祖母は私より少し背が高かった
私が十二歳のとき　祖母は私より少し背が低かった
私が十六歳のとき　祖母は八歳のようだった
私が二十歳のとき　祖母は四歳のようだった
私が二十五歳のとき　祖母は背が低くなり一粒の種となって
土のなかに播かれた

毎年四月になると　五里山の草木は
それぞれに必ずよみがえる
私にはそのうちの一本が祖母だと分かる
どのような形でもいい　私には供養が必要だ
そのようにしてこそ彼女とのつながりは確認できるのだから

# 落日

落日は最も人を不安にさせる
最後の絶望のキラメキ
落ちてゆくその姿を
世界は支えきれない

そのキラメキのとき
大地は手の力をゆるめ
この世界は白と黒の色になる

# 途中の秘密

道行く人の顔には黄昏の光が落ちていた
彼はそれを身に帯びて遠くまでやって来たのだったが
疲れを感じてはいなかった

他の通りへと曲がるとき
光はその顔から消えたが
彼は何かを手放したかのように
身体が軽くなるのを感じていた

振り返ると
ちょうど黄昏が夜の翼を広げるのが見え
それは色彩を、音を、そしてきらめくホコリを

苦もなく吸い込むのだった

そうして光の筋はやせ細って線になり
今しも街角に立ち
あっちを見　こっちを見
彼を捜すのだった

# 石一つ

エビを探り当てた子供の顔には
エビの艶やかさと渾《こん》河《が》の水を
得た楽しい心があふれ出ていた

私は石を一つ探り当て
豹のようなその紋様に
目を見張った

私は騒ぎもせずハシャギもせず
またそれを水底に沈めてやった
幼いころ大切にしていたものを隠すかのように
秘密を隠すかのように

だが細かな点についてうっかりしていた
石は水の流れによって偶然にそこに連れてこられ
また私が伸ばした手によって偶然に探り当てられたが
私とそれが巡り合ったのは
今生にその一度だけなのだった

# 不思議な出来事

庭にいたら
リンゴの木から陽の光がひとすじ落下してきて
その一瞬に
ミツバチの口と白ツツジの花の腹部が
忙しなく接触した
コオロギの前脚は
ケイトウの好色な嘴から
彼らの下にあるトックリ苺の実を持ち上げたばかりだが
起こっている出来事については何も分かっていなかった

風と雲の関係も
こんなふうに不思議なものらしかった

誰にもわからなかった　風が吹いて雲が行ったのか
それとも雲が風を押して走ったのか
あらゆる秘密は風の音のなかにあった

# 不断に枝分かれする木

ブナは生長しながら　枝分かれする
生長し生長して　自分を伸ばし
成長して枝は離れ離れになる
分岐し分岐して　自分を枝分かれさせて
枝葉を繁らせる

枝分かれする樹も美学の原理が
分かっているということだ
枝分かれしてゆくどの枝も
ブナ自身の掌の線を漂泊しているのだ
後戻りするためのコースはない

風が起これば
そのたびに揉まれる
雨に向かって頭を垂れることを願い
時には　震えるけれども
喜びの代わりという訳ではない

# 父

年老いた父は
午後の長椅子に座っていた
右手を伸ばし
左手のうえの陽の光を撫でた
左手を撫でていたが
陽の光は右手のうえにあった

# 星

夜　星が人間の世界を見るのは
ちょうど人間の世界が星空を見上げるようなものだ
明るいものが見えるだけ
たとえば街路灯　ネオンサイン
部屋から漏れ出る灯り

星たちは　そういう光を
星と称している

# 魚狩り

オオタカは空中に舞い上がり　動かざること
余計になってしまった一本の釘のようだった
灰色の眼球が下方を窺っていた

突如急降下攻撃
機敏な突入が湖面を突き破り
水に白い花を咲かせた

その正確さは私を驚かせた
静かな湖面の下には
私たちの知らないものが存在していたのだ

危険はどんな生き物も見逃さなかった
黄色い斑の魚は事態を自覚できないままに
オオタカの嘴にあった

# 孔雀

春とは孔雀の身体に生えた羽のこと
藍と緑がその母斑
尾羽を扇子のように広げるのは
上演するということ

花は咲き疲れたら　散るまでのこと
でも孔雀にはそれができない
見てごらん　孔雀は翼を広げ
にぎわいを開け広げ　高い評判を開け放っている
生涯続く寂しささえ　解き放っている

おびただしい鳥の

暗い夜に羽ばたいて
東や南へ飛ぼうとしているのが聞こえるけれども*
価値ある緑を扇子のように広げることは
最初から最後まで　終にないのだ

*焦仲卿とその妻の悲劇を詠じた古典長編詩「孔雀東南飛」を踏まえている。田舎娘（若者）が、東部や南部の都会（の夜）で稼ぐことの喩え（中日大辞典・大修館書店）。

# しなやかな時間

光のしなやかな生活は
何をしても素晴らしいものになる
およそ思考を要するものは　すべて熟睡している
およそ軽薄なものは　すべて抑えられている

そういう時間
狐だけはまだ野に遊び惚けている
狡猾なまなざしが　キラリまたキラリ
己自身より影の方が速く走っている
陽の光にはどんな心配事があるのかと　いつも思う
ルコウ草の知恵を絞り取りながら

内緒ごとを刺繍しようとしている
もし風が力いっぱい蹴ったりしなければ
その企みは思い通りにゆくのに

# 雨の糸

何年も前の夕暮れ
私は雨の糸が祖母の手にする針の
穴を通ってゆくのを見た
祖母はそのことに全く気付かず
それで私の服を縫い繕うのだった

何年も後になり　祖母はいなくなり
あの服も無くなった
ただあの雨の糸のことだけは
それが私の心の内を通り過ぎる時に
痛みとして感じることができる　数々の夕暮れ時に

# 斑《まだら》蝶の死

朝のこと　我が窓辺に
斑蝶《まだら》の死んでいるのを見つけた
その灰色の目や彩りきらびやかな羽には
死の原因が保存され　もがいた跡が残っていた

私はそれを両手ですくい上げたが　光の束のようで
重さというものがなかった
あたかも肉体はすでに天国に昇り
私がすくい上げたのは
その魂なのだと言うかのようだった

# 時間の手

大雁と同じ飛び姿になって
地上で羽ばたいたら
風は髪を吹き上げ
スカートの裾をまくり上げた

夕陽のかけらが落ちてきて
目から血が流れ出た

あの時　私たちは郊外の
風のなかに立っていた
私たちは全く気付いていなかったのだ
ちょうどその時に

時間の手が手探りで
私の身体の一部を取り出して
あなたに送り届けていたのだということに

# 影

およそ全ての影には不安と
神秘という属性が隠されている
例えば杉の葉の影　灯台の先端の影
例えば人の手真似の影

地面に倒れて立つ影たちは
謎々の答えを　部分・細部にがっちり隠している
そこが言葉には到達しようのない別の場所であるかのように

影を引っぱって駆け回る子供たちは
汚れのない瞳のなかに　光の姿を
正確に映し出している

広々として果てしのないその影は
事物とともに　この世界の正面と
裏面を構成しているのだ
生と死も
影の一部分なのだ

# 雀

いつも午後になると　古屋の屋根には
鳥たちの声が群がり集まる
白楊よりちょっと高く
白雲よりちょっと低く
ふたつの間で
この世界と仲良く付き合う法則を探している

時には　その鳴き声が
白楊の葉が落ちるように　私の頭上に落ちてくる
私はその度に気にかかる　白雲の葉も
落ちてくるのではないかと心配になる

天空は広く
どの事物も己の生存軌道を有している
それらは万物に　夢中になる楽しみを与えてくれる

およそ空中に誕生するものはすべて
飛ぶことができ
およそ飛ぶものはすべて
天空の寂莫を耐え忍ぶことができる

# 日暮れ

夏の日暮れが　美しいものの上に降り立った
女の子のちょうど食べかけの半分になったリンゴに降り立ち
ちょうど吸いかけの男の煙草に降り立った
それらはテラスの手すりを這い上がった
一つは八階へ　一つは九階へ

女の子は梢のヒワを見ている
男の視線もそこに留まっているらしい
繰り返し鳴いて覚えた鳥の鳴き声と男の吐いた煙は
寄り集まって日暮れをくまなく満たす憂いとなっている

女の子がリンゴを食べ終わったそのとき　男は吸殻をポイ捨てした

二人はほとんど同時に身をひるがえして部屋へもどった
二人は互いに知り合いではなかった

# 川の水

水という川の皮膚に夕陽が吸着されたら
そこは水が痛いと感じた部分なのだ
川の生涯の血のすべてが
このひと時に流れ去るということだ

私がそのなかに入ってゆき
その浅瀬を前進してゆけば
たちまちはっきりする
順流と逆流の間には
身体の向きを変えるというプロセスがあるのだ
欲望は常に水の上にあるけれども

増殖しようが消滅しようが　痕跡が残ることはない
川の水は何もしていない
力を入れて自分をもっと前方の遠くへと押し出す
そのことだけに気をとられているのだ

# 玉石《たまいし》

川に投げ込まれた玉石は　家に帰ったようなものだ
水中のその姿は　いよいよ己自身になったような感じだ
つやつや滑らかで　まるで氷上を転がっているようなもの
影になる部分には　デザインのための霊感がもたらされている
そこは紋様となるが　今に至るまでそれを読み解いた人はいない

水中に潜っている玉石は　水の性質を熟知している
揺れ動いている間も　意識ははっきりしている
あの遥かな午後を　ふと思い起こすこともあるはずだ
水切りをして遊んでいたあの子供のことを思い出すだろう
己の前世を思い出すように　思い出すことだろう

# 風

それは私を真っ直ぐ押して進んだ
私の服の裾に
私の前方を行かせた

裾が揺れなくなったところで
やっと気付いた
風はもう角を曲がっていた
やっぱり　風も
当てにならないのだった

# 二人の戦争

ある時　心が抜け出ていった方角は
それこそコマドリが道に迷ってしまうようなところ
ある時　彼の沈黙は
また別の抵抗

白露が過ぎれば雛菊は咲くのか
私には分からなかった
風を遮れば　美しい朝の光から離れれば咲くのか

朝　私が雲を追いかけていたとき
風に足をすくわれて転び
両腕を広げていたのだった

ただ自分を抱きしめるだけの為に

私は硝煙のない戦争を思い浮かべた
穀雨は低いところへ転がり
痩せ衰えたふたつの眼差しは
勝負のつかない引き分けなのだった

# 野の花の一生

郊外に野の花が咲いた
青い色　六つの花びら
とても美しく　馥郁として
そのことを知るのは蜜蜂だけだった

花は枯れ
露の珠が一晩中くちづけしても
ふくよかにしてやることはできなかった

花は散り
葬礼には秋の雨が参列し
その死骸を土深く埋めてやった

花の名前は何というか
蜜蜂は知らない　露の珠も知らない
秋の雨も知らない
まるで　野の花がこの世界に来たことがないかのようだ

# 偶然

私の頭上の雲は
薄化粧をし　水墨画のそれのように
空に掛かっている

それが　そこに来る前とそこを離れた後と
どちらにしても　このように美しく見えることは
ないだろうと信じる
雲は偶然にそこを通り過ぎ
偶然に顔を上げた私が　それを見たのだ

とても幸運なことだった
その美しさは私の目に留まった

でもこの時　私がそこに立って
仰ぎ見る姿に
気付く人はいなかった

# 夕映え

夕映えは空の果てで　独り舞いをしている
数片の雲が観衆
画面は静まり返っていて
痛みや楽しさは　サイレント映画みたいに
ほんの少しの声も上げない
下方の海は　眉をしかめ
夕映えの魂を吸い込んでいる

# 暗い夜にいるもの

月と星は空にある
明るい昼間も暗い夜も　空にある
でもそれらは暗い夜にだけ
目にすることができる

死んだ肉親の魂も空にいると
信じているけれども
夜にはまだ暗さが足りなくて
それが見えないのだ

# あなたは私の方へやって来る

夏から生まれた　タンポポは
吸ったり吐いたりできる茎

森に生まれた　オオカナメモチ*は
思考に習熟している葉っぱ

渓流に生まれた　湖と沼は
丁重に埋葬してやる石を待っている

言葉から生まれた　ピンインには
思想の声母と韻母が生え出てくる

名前によって成立している　家系図は
前もって祖先によって話されていたもの

星に生まれた　水晶の靴は
まだ開墾されていない処女地

時間によって生じた　トンネルには
時計とそこからポタポタこぼれる音

故郷からやって来た　北方は
聖人の方角に向けられた杖

あなたは私の方へやって来る　二十年やって来ているのに
まだ到着していない

＊オオカナメモチ＝バラ科の植物。

# これまで月が人の世を見捨てたことはない

恐怖は時に死ぬことよりも
同情に値する
死んだ人はもう死なないけれども
生きている人は　くりかえし死の練習をしている

南から来た燕がガランとした路地で迷子になっても
梨の木が一夜のうちに白髪となっても
生育の早い麦の苗が土を突き上げても
周囲のものは驚かない

月はただ照っているだけ
これまで人の世を見捨てたことはない

# カササギの歌

カササギが一羽　枝でさえずっている
耳に心地よいその鳴き声は　私たちには見えないもっと
多くのものを惹き付けている
例えば光線　ホコリ　陰イオン　花粉
斑蝶《まだら》が飛ぶ時に空気と摩擦して生み出される静電気

カササギ自身はそんなことは全く知らない
ハトに喜んでもらおうとして
美しい声の歌を　歌っただけ

# 郊外

夕陽　ペルシャ菊
それらは　暗闇がやって来る前の
終りの彩り
長い静寂のなかのたった一つの萌え上がり

夕陽は沈みつつあり　ペルシャ菊は揺れている
夕陽の五色のテープと
その消え去ってゆく様を揺らし
見過ごされてきた自分の一生も揺らしている

うらぶれた郊外には
キラメキが寄り集まっている

それらは皆　人の世を深く愛している
それらはどれも壊れやすいものだ

# 何をしようとしたのか忘れた

たまたま通り過ぎていった雲が
遥かな村里の風景　そして
そこにおける誕生　死
咳　空模様
麦穂の上の陽の光の反射を　もたらしてくれた

巡る雲の姿は　もう一つのパフォーマンス
まるで方言の一種のように見えた
それが何なのか　私にも言えそうに思えた
その影は私を覆い　隠し
それから私を捨てていった

それは一度だけやって来て　行ったきり
私の半生の運勢を修正していった
私はよろよろそれを追いかけ
手を挙げたけれども
何をしようとしたのか　忘れてしまった

# 感謝

秋がまるごと濃縮されて
麦穂になり
太陽の方角に向けて
ずっしり重い身体を曲げ
頭を大地に下げている

# 雪の花

それはこの世で最も軽やかな花
空中から地面に至る生命を
神から授けられている

豪奢な天空を心から愛している
大地が最後に帰ってゆく宿りだということも理解している

ひとひらの雪の花も
己の姿勢と品性を有し
運命の要求を変更しようとしている

見てごらん　雪の花が空に舞い飛んでいる
他の花に　こんな技量はないよ

# 蒲《がま》

お祝いの紅い蠟燭を　川のなかに
沼のなかに　水の泡のなかに
水草のあるところに灯して
唐時代の魚　宋時代の海老および
それらの子女をちょっと見る

蛙のジャンプ　恋する鯉
巣を張る蜘蛛のために
川筋を移動するオタマジャクシ　泥だまりで繁殖するドジョウのために
道に迷ったトカゲ　蚊の急襲のために
夜の気配　風　荒野　神秘の藻類と菌類のために

人の心の荒畑のためにも
紅い蠟燭を灯す

# 玉《ぎょく》

石は自身を抱きしめて
内に向かって生長し
堅く密に詰まった空間で
己を磨いている

時間がその体質を変えてゆく
余計な混じり気　角張ったところ
そして悪癖を　吸い上げてゆく
潤いを見初めるようにさせ、人の気持ちをよく理解させ
そうして　それによって一つの名前を獲得させる——玉という名前
今は　己を観察することを学び

碧緑と墨緑の
価値の違いを知り
もし継続して緑が深化してゆけば
石の世界の伝奇になるのも可能なことだと分かっている

性格はその表面のように滑らかだという訳ではない
むしろ美しく砕ける方がよいと　しばしば思ったりもする
ちょうど　月の優しい心根は水に似ているけれども
月も石であるというのと　同じようなものだ

# 村里の黄昏

黄昏がブランコから降り
魚木花*が耳を伸ばして
その音を集める
時に犬の鳴き声がふたつみっつ聞こえるけれども
黄昏の翼に煽られて遠ざかり
サーカスの太鼓のリズムは止む
それは午後六時のこと

この世のどんな生き物も
この黄昏を同時に経験している
一つの例外もなく
暗闇がやって来るまえに

己を上手に隠す

黄昏だけが知っている
黄昏は暗闇からずいぶん遠く
静寂が孤独へと転換してゆくその間を
歩いている
束の間の一生のうちに
己の心残りもはっきり見えている

＊魚木花＝広東、広西、雲南、台湾などに分布する落葉小喬木。春の末に開花。

# 纏《てん》足

もう一度それを撫でてみたい
祖母の纏《てん》足
ゴム粘土を握るように
手のなかに握りたい
指でこねて正三角形に
菱の形に　麻花の形状に
こねて星に　こねて
ハッカ飴にしたい
もっとこねて首飾りにして
首に掛けようと思う
そのころ　彼女の首にぶら下がった私と同じように

# 追憶

室内はがらんとして
大時計はチクタク時を刻み
その一つ一つが皆一様にぽつんと寂しい
壁では　祖母が居住まいを正し
彼女のその時代に　ひしともたれ掛かり
名残惜しくて離れられないでいる

# 月は一人行く

雀はみんな飛び去った
私はそれらの総計よりいっそう寂しくなりそうだった

一年経ってまた一年
雀は　冬が来る前に空を飛び越える
それを学び取り
成長を拒んだけれども
たどり着ける場所は
もうどこも幼年時代ではないのだった

夜が来るたびに
孤独な人は一人行く

月も一人行く
冷え切った石は
たとえ夏でも
熱を発しない

誰かが月に向かって
耳に心地よい言葉を言っているのが聞こえる
月は気に留める様子もない

# 葉が落ちる

葉がひらひら落ちてくる
まるで風を避けようとして翼をひねり
傷めてしまったかのように

誰かが気にするようなことはない　それが
枝を振り切る理由を　それが落下する様を

梢から地面まで　その一躍りのために
葉はひと夏見習い合う
まるで危険との遭遇が　一生に少なくとも一度はあり
その不思議は　地面からやってくるとでも言うかのようだ

その間　少なくとも三人がそこを通り過ぎ
少なくとも三人は　葉の舞っている様を
その目で見る機会がある
もしかしたらその上さらに落下速度から
その未来の運命を　前もって予知できるかも知れない

葉が落ちてくる
物音もなくひっそりとしている
卑小な生命のように
卑小な人の群れに　舞い落ちる

# 杏子

杏子の木の　杏子の実が無くなった
いつ無くなったのか
全然分からない
それが無くなって初めて
杏子の木に　杏子の実が生っていたことに思い至った

それが生っていたときも　特別に意味があった訳ではない
木に杏子の実が生っていることに　慣れていただけだ
目が杏子の木を見るときは
杏子の実が見えるということに慣れていただけだ
その丸い印
神が授与した符号

そこに在ったとき　それは真の存在ではなかった
今　それが消えたことによって
存在感を獲得したのだ

# 生きているものだけが死ねる

家にあった鉢植えの蘭の花が死んだ
市場で買って
持ち帰ったその時からそれは
それはつまり死ぬためにだけ
生きていたのだった

毎日目が覚めて　第一にすることは
まず書斎に行ってそれがまだ生きているか見ることだった
それが生きているとき　私は少しも楽しくなかった
死ぬんじゃないかといつも心配だった
生きているものだけが
死ねるのだ

今　書斎では造花が花瓶に挿してある
とても艶やかで　とても美しい
もう　それが死ぬんじゃないかと心配することはない

# 暮色降臨

小鳥のロビンが翼で扇いで
暮色を下ろしてきた
背にしていた暮色が
どれほど重かったのか　誰も知らない
一羽の鳥も暮色の憂愁に
染まることがあるのか　誰も知らない

小鳥は天空の経度と緯度を知っている
黄昏と夜の距離を知っている
翼の上の暮色と
目のなかの暮色は
同じ暮色ではないことを知っている

でも　夕陽と暮色
どちらがより重いか
忘れている

# 白雲

塩よりも白く　雪よりも白く　氷山よりも白く
白よりもっと白くなろうとして
雪だるまが　叫びながら私に迫ってくる

頭から足までの白　内側から外側に至る白
広々として果てしなく白い
まるで白昼のように　白日夢のように白い
まるで存在しないかのように
まるで無駄な心配事のように

私は今までそれより白いものを見たことがない
その白は　輝いて目に焼きついている

そのわずかな間の白は　唯一無二
以前の白ではなく　以後の白でもない
それは一生の間ひたすらその白さだ

だが白さのなかには案外　それが覆い隠してきた黒が見えるものだ
白日が消し忘れた灯りのように　目は切なる思いで
湖面がその姿を映し出すようになるまで　いつまでも
この世に何かを探すのだ

# 花

桃の花　杏の花　海棠の花
それらは他に遅れまいと先を争う　というようには咲かない
へりくだり譲りながら咲く
節度を保ちながら咲く
順番に交代して咲く
一日一輪咲き
四月のどの一日にも花が咲くようにする

未来を抱かない花たち
四月だけに生きる花たち
その顔には　どうしてあんなに多くの
鮮やかで麗しい光があるのだろう

一輪が他の一輪に言うのが聞こえる
大地には温もりが必要だよ
大地は私たちの彩りでこの世を慰めているよ

# 蝶々

彩色されたひとひらの雲
美学的意義から見るラテン文字
谷間、川の流れ、木の立つ斜面に沿って
あなたの視線の右上方を
それは飛んでいる

ひらひら動く羽が　道々の事物を
切り整えている
羽ばたきのたびに　細菌が死に
ハリケーンが誕生する
秩序を作り出し　秩序の破壊もする

それは飛んでも
雲より高くは行けない
規則正しさの上にはいられない
風景を通り過ぎるけれども　自身も風景だ
この世を品定めするが　自身もこの世の一粒のチリだ

偶々聞こえる鳴き声は
きっと飛ぶことよりも
もっと緊要な事態のはず
そいつは　突っつき痛めつけに来るのだ

# 樺の葉

樺の葉は　秋のコーラスから離れて
ひとひらが　ひとひらを追いかけ　ひとひらが　ひとひらを抱き
低きに向かって飛ぶ

一生のうちの唯一の飛翔する機会を
葉っぱたちは　ひしとつかみ取り
心を熱くして飛び　後へは引けないと言うように飛び
生き別れのように飛び
三角　幾何　ピンインから飛び出し
青い言葉から飛び出し
涙　周章狼狽から飛び出し
そして別れの悲しみから飛び出す

風はそれらを低いところへ連れてゆく
およそ低いところは
全て安息の場所だ

それらは地上を飛び跳ねて
終の棲家を探し求める
終には
石蹴りゲームをして遊ぶ

# 夜が来る度に

夜が来る度に　自分は身に寸鉄の武器も帯びて
いない人間なのだと　いよいよはっきり見えてくる
夜の気配はもう私の傾いた眼差しを支えきれず
落ち着きのない手は　闇夜のように
大きく広がって
チクタク鳴る時の音の中で
いたずらに時を過ごしている

夜が来る度に　その翼の下には必ず幾つか
秘密が潜んでいる
どれがより夜の真相に近いか
私に見分ける力はなく　視る力も聴く力もない

私は心の内側と握手和解して
もう種子や萌芽の意義と　面倒を起こさないよう願う

私の生活はゆらゆら揺れて
夜が昼に忘れてきたTシャツのようだ
私に余計な好奇心はなく
暗い夜に誕生したその言葉が
何故そのように暗さを怖がるのか
知りたいとも思わない
そのゆらゆらする部分だけに関心がある
墨旱蓮*に止血の効能があることだけは知っている

＊墨旱蓮＝「ボクカンレン」。漢方薬の材料名。俗称「旱蓮草（カンレンソウ）」。茎を折るとその断面が黒くなる。乾燥させたものは墨のように黒い。

# ベンチ

ベンチはまだそこにある　芝生もそこにある
ベンチに腰かけた人だけが　何処へ行ったのか分からない
陽射しが焼けつくようなとき
椅子はきっと皮膚と同じように
痛くて呻き声を発したことだろう

風が吹けば
ススキは同じ方向へ揺れ動いただろう
それは人が去ってゆく姿勢だった
私は何年かして　ある時刻になったら
あの曖昧模糊とした午後へと

戻ってゆく運命にあるのだろう
そうして　ベンチに腰かけているのは
日月星辰と
きらきら輝く時間なのだろう

# 落日の荘厳

今もまだ　キジバトとスズカケバトの
鳴き声の違いを区別することができる
この古めかしい技は
幼年時代の村里からもたらされたものだ

あらゆる鳥の鳴き声は
すべて音楽の領域で独立していて
吹いてくるあらゆる風は
どれも昔からの知り合いだ

何年もの間　私たちはそれぞれの身体の内を奔走しつつ
村里の意義をはっきりと認めている

私たちは知恵を全部使い果たしても
やっぱり落日の荘厳を制止することはできない

# 風景

人が山上に立っていた
私は彼が何を見ているのか分からず
彼も　私が彼を見ていることを知らなかった
彼がそこを去ったとき
山頂は平衡を失ってしまった

随分経って　夕陽がその場所に立ち
また随分経って　去っていった
以後　山頂はずっとあのようにがらんとし
私はずっと　そんなふうに寂しくしている

# 虹

はやく見て　あそこに星が！
小さな女の子が　空を指さして
ママに言った
二人はいっしょに顔を上げた

雨上がりの空には　今生まれたばかり
という様子で
捨てられた雨粒が一つ
留まって　星を騙っている

これは一体どういう関係なのだろう
小さな女の子とそのママも
大地に投影された虹ということに過ぎないのだろう

# ススキ

ススキは　リスのきれいな尻尾
夏のハーモニーのパート
神の杖
尖って鋭い象形文字

野原は一面果てしなく　風を受けて
骨のない身体を揺らし
時間の影を大地に向けて　くり返し振っている

見たところ　それらは古代の魚より
多くを知っているらしい
月の女神ルナの髪より役に立ちそうだ

空洞になっている茎は
貧しい子供が手にする魔笛にとても似ている
奏でる言葉はどれも
植物世界の秘密だ

# 誕生

赤ちゃんは目を開けた
世界はたった今誕生した

彼は手を差し上げて　空気に触れた
それは羊水のような日常だ
その手振りは　まるで地球が回転して
生み出した符号のように
非の打ちどころがなく　複製することはできない
その符号が加わることによって
万物に新しい秩序が生まれた
そして生命それ自身は　通り過ぎてゆくだけだ
ちょうど遠くの川が　流れる意義を説明することなく

流れているように

彼はしばらく世界を見つめ
少し考え　脚を伸ばし
力を込めて蹴った
そうして　口を開け　声を上げて泣いた
彼自身のやり方で
この世界へ挨拶した

# これまであなたが存在したことはない

私たちはやっぱり互いにすれ違っていたのだった
その夕暮れ　私は山々の心のなかにいた
夕陽は橙色のなかをやって来ると考え
山裾の白碧村*がその足跡になると考えていた
シジュウカラの鳴き声に
夕暮れの秘密のすべてがあるようだった

これまであなたが存在したことはないと　確信している
谷が山のコピーを逆さに映しているのと同じ
深夜　月がそのてっぺんに這い上がったら
その高潔と清浄は
この俗世と何と不釣り合いなことか

私は目にする　白猫と私が
同じ時に明るく照らされるのを
二つの不揃いな符号を
時間を旅する者を

＊白碧村＝貴州省凱里から三〇キロにある小村の名。

# 太陽を背負う人

日暮れ　太陽は疲れていた
その巨大な身体を丸く縮めて赤いゴム毬になって
お祖父さんの背負い籠に隠れた
お祖父さんはそれを背負って山を下りた

太陽を背負っていることをお祖父さんは知らなかった
もし知っていたら背負っていられなかっただろう
知っていたのは　新鮮な玉蜀黍と蕨を背負っているということ
私たちの夕餉を背負っているということだけだった

私は村の入り口の菩提樹の下でお祖父さんを待った
曲がりくねった小道をくねくね下りてくるのが見えた

全身輝くゴム毬を背にしているのが見えた
丈のある草に照り映え　周りに隠されている事物に照り映え
胡麻塩の髭に照り映え　曲がった背中に照り映えていた

お祖父さんは自分が私に弾むような喜びを持ってきたとは知らなかった
そしてその時の私も知らなかった
お祖父さんが届けてくれたのは
衝いても弾ませられないゴム毬なのだった

# 七月の黄昏

夕方
郊外へ出かけたら
夕陽と月に遭遇した
一つは赤く　一つは白く
赤く照ってまぶしく　白く照ってまぶしく
私はきまり悪くなって顔を赤らめ
どちらを先に愛でたらいいか分からなかった

# 他の風

風が吹いてきて
私の上着の裾がゆらゆらした
気付けば随分長い間ゆらゆらしていた
きっとその間に
他の風が吹いてきて
その次にもまた他の風が吹いてきたのだろう

# 窓枠

窓枠はビルの身体が切り取られて
碁盤目模様になり　大小の同じような傷口になっているのだ
夜景の素晴らしい夜には　きっともっと多くの顔が
傷口から伸び出てきて　外の様子を眺め
周囲の熟睡する事物をびっくりさせることだろう
魔法をかけるのが得意な月の光は
いつでも容易に傷口のなかの眼差しを持ち去ることができるのだ

ところが時間は月の光より残酷で
傷口に刺繍をほどこし
傷口から伸び出てくる顔ごとに
ヒラメの髭とマダラ蝶の

羽を彩る網目模様を刺繍するのだ
時間が傷口を看板に偽りなしの傷口にするのは
ちょうど月光がぼんやり霞む　ほんの瞬間のことだ

# 不眠

眠れない夜
夜はとても長く　私に計測できるものではない
その広さも　私にコントロールできるものではない
私は座すことを選択し　夜の髪を数えるけれども
当然のこと　それは私の為し遂げられることではない

夜の窓から列車が入ってきて
その心臓を走り抜け　夜よりもっと暗いところへ去っていった
私は聞いていた　それが夜の孤独のなかに
発する孤独の叫びを
そして　それらが静まった後の
自分の手の上の孤独を

夜と同盟を結ばなければならない　夜を愛し
決して痛みを言わないよう習得しなければならない
それがたった一つの方法だ

# 雨

雨　屋根周りのひさしの斜面を滴り落ちる
まるで精密機器のように
三秒ごとに　一回滴る

まるで力を蓄積した弾丸のように
音は　滴るたびに大きくて力強い
まるで水玉が川の流れを探し求めるように
大地の紙の上に　ロードマップを描いている
まるできらめく真珠のように
香草や小道に照り映えている
まるでユーカリの涙のように
俗世の汚れを洗っている

その他には　石の肌目だけが
何かの超自然の力を有している
雨音の他には　時間の牙が
歴史と衝突しているのが聞こえる

# 大鷹の死

夜がやってくる
傷を負った大鷹が平原に墜落する
その目は暗くなってゆき　冷たくなってゆき
生命の終わりに近づいてゆく

夜がやってくる　暗闇が侵入してくる
そこに人類はいない　殺戮はない
翼一枚の鷹は　尚も鷹の英知と
敏捷性を保持している
身体を傾げながら　こっちからあっちへ跳ぶ
ひと時の暮色から　次のひと時の暮色へ
夜の左側に沿って　世界の背後に沿って

人類の犯した過ちを載せて

今　平原はひっそり静まり返り
ススキは風の勢いのままに伸び　時間は
タンポポの白いまつ毛に進入してゆく
鷹は飛翔の姿勢で　最後の跳躍を完成させる
心揺らいで落ち着かないその夢幻の時刻　人の世は
ゆらゆら揺れて　その翼の一枚の羽になり
そして鷹は　人の世の真相を示す標本となる

# 大雁

夕暮れ　大雁が上や下を飛んでいる
翼が一扇ぎすると　黄昏はたちまちちょっと暗くなる
翼は休みなく扇ぎ　黄昏は立ち止まることなく暗くなってゆく

大雁は頑として飛んでいる
何者も　その飛びたい欲望を阻むことはできない
全く天性のものとして飛んでいる
飛んで線を描き　幾何学模様を見せる
どのように飛べば見栄えが良いか　優雅か　知っている
どこで角を曲がるか　引き返すか　知っている
風の気性　雲の性格を知っている
天体現象の因果律を知っている

更に帰り道の時間表を知っている

大雁がこれらを熟知しているのは　川が流れを熟知していて
たとえ最も暗い夜でも
出口を見つけ出せるのと同じだ

大雁は生まれたときから空に属している
しかも一人に属している
低いところに立って
上を仰ぎ見るのが好きな一人に属している

# 黄昏の秘密

夕陽が山の頂で　身を焼き
炎が空の半分を赤く照らしている
群れから離れた羊が　長いことじっと見つめている
その真っ黒な瞳には火花――星が飛ぶ
そして私たちが見たことのない図案が飛ぶ

気流には奇妙な香りがほのかに
事物が幾つか暗いところに潜み
こっそり花を咲かせ　実を結び　身ごもる
露の玉に育てられた桑の葉は
ゲップして　夢のなかで遊ぶのにぴったりの画用紙を
黄昏に手渡す

# 昼が落としていった孤児

黄昏のなかに座るその人は
目のなかに三種類の色がある
赤と黄色はすでに老いているのに
黒はまだ育っていない

木棉の木が影を回収して
夕陽に通り道を与える
昼が落としていった孤児のように
オウムが斜面に立っている

# 遊び

一羽の雀が
雪で一輪の梅の花を作り
傍らに立って
それが紅くなるのを待つ

一人の子供が
雪を積み上げて雪だるまを作り
傍らに座って
それが大きくなるのを待つ

この冬の　名残の雪も
もうすぐ終わりになろうとしている

愛に殉じる姿になって
以前にも来たことがあるよと
人の世に告げている

# バイカル湖

喜んであなたにお話ししよう
私はバイカル湖に行ったことがある
そこには最高に澄み切った空があり
輝く草原があった
湖水はきらめき　天地の接するところへ寄っていった

私は列車の速度を使って
その最も遥かな距離を測定したことがある
その窪みと突起を視界に収めて見聞を広めたことがある
それがどれほどに神秘的なものか　あなたに伝える言葉がない
湖のなかの秘密を　あなたにお話しのしようがない
青と緑から育んだシルクのように魅惑的な

その身体のことを　漏らし伝えるなんていよいよできない

私は二人と友達になった
白いカモメ　灰色のアザラシ
彼らは湖の妖怪
湖の左目と右目
彼らは湖の立居振舞の習慣がよく分かっていた
私の口から出た方言はみんな
夜になる度に
月が疑いを抱いたことだろう
人の世にはどうして自分というものがあるのだろうと

# 二本の葦

こんなにも　ひしと抱き合っている
一本の葦が一本の葦に絡みついている
それらの眼差し　表情といっしょに
それらの黄――淡黄色、うすいクリーム色、枯れた黄ばみ
死に向かって移行してゆく色合いといっしょに

それらの目のなかの憂い哀しみに　目をとめる人はいない
大地を恋い慕う心の育まれていることが　分かる人はいない
秋風が吹き始めると　それらは抱き合い
狂ったように揺れ動き　幸せそうに揺れ動き
絶望したかのように揺れ動き
死神がやって来る前に

最後にワルツを一踊り
最後の思いやりを　人の世に遺す
一本の葦が一本の葦に絡みつき
風のなかに枯れて萎んで　死んでゆく

# 私の名前は菊と言う

私は秋の花
名前は菊と言う
私は夏の蓮の花より若く
冬の梅の花より年老いている
蓮の花を姉と呼び　梅の花を妹と呼ぶ
私には四人の姉妹
野菊　カモミール　小紅菊　菱葉菊がいる
山頂の松風のむせび泣きを聞いたことがあり
一輪の花が琥珀のなかにきらきら輝くのを　見たことがある

私は秋の花
夏の最後の希望

夏が秋を渇望するように
私は冬を渇望する
土深きところの秘密を知っている
湖底に横たわる姉さんの死骸を　見たことがある

私は冬を渇望する
まだ知らない妹に会ってみたい
聞けば彼女の姿は艶やかで
紅い服を着るのが好きだと言う
でも私は秋を越えては生きられない

私は秋の花
私は夏の希望
私は冬の死骸
私の名前は菊と言う

# 軽やかさ

木の下に座って居眠りをする老人は
軽やかさの到来を感じた
髪と髭が自分を離れていって
また戻ってくる
それが数秒間隔で
繰り返されるのを感じた

彼は目を開いたが　軽やかさは全然ないのだった
彼は見た　およそ軽いものは
すべて揺れ動いている
例えば裸麦、衣服、木の細い枝先
およそ重いものは　すべて呻いている

例えば石、鼻、山の傷口

一羽のキジバトが空気を通り抜けると
その左右に軽やかさがあって
その翼と呼応し
目のために回転し、放物線そして
隠された上下の揺れを　連れている
軽やかさは　その技量で
万物の選抜を行い
世界に秩序をもたらす
軽やかさは　宇宙を
目いっぱい支え　また
跡形もなくなる

# 指と指の間を花の香りが通り抜ける

午後　通りの真ん中の公園を通り抜けた
一人の男が長椅子に腰を掛け　右手を伸ばし
開き　握りしめ
握りしめ　開き
その一つの動作を間断なく繰り返していた
開くことと握りしめることの間に
どんな特別な意味があるのか分からなかった

そんなとき　黄色の蝶が彼の手の辺りを通り過ぎ
開いた指と指の間を　木犀の花の香りが通り抜けた
世界は　その開くことと握ることの間に　構図を決定した
そして開きの一回は　何がどうあろうと
一回の握りしめる歴史なのだった

# 風景

細道の深いところから　羊が一匹出てきて
しばらくすると
そこへ老人が犬を連れて現れ
続いて　浮雲が一つ漂ってきた

今しも　細道には
羊が左を　老人と犬が右を
雲がその間を
彼らは整然と前に向かい
行けば行くほど大きくなり　行けば行くほど澄み渡る

でも最初から最後まで出てゆくことはできない
それらの足音で編まれた網目からは

# 群れ雀

丸坊主のハコヤナギは
一夜のうちに葉っぱがいっぱい生えていた
丸々して　セクシーで
北方の真冬の朝にきらめいていた

風が一吹きしたら
葉っぱは舞い上がり
それらが大地に突っ込むことはなかった
それらはひとひらがまた別のひとひらを追いかけ
空中へと昇っていった

この時になって私の目は

やっと信じたのだった
雀の群れだった

# 雲

光の束から他の光の束へ
風の左側から霧の右側へ
雲は肢体を
揺り動かしている

私はすばやく反応して
それが何の形か言わなければならない
私がその言葉を口にするとき
それはもうそれではなくなっている
それが人を驚かすのは
これまで重複したことがないところだ

一秒前は蛸
一秒後は人の手かも知れない

それを事物の上を巡行する
それは人類より高くにある
生活より高く　品性より高く
孤独よりも高い

それは空にパッチワークをする
風のハンカチ
霧のもう一つの服
それは遊牧の民族
一生苦労のなかを流浪する

巡ることが
唯一の自在に操れる技であり
その生命のすべての意義を有している

その下方の
俗世の悲喜こもごもは
その影に覆われる
それは理解される必要はなく
目に留めてもらう必要さえない

# 波

波は昼も夜も岩礁を打ち　砂浜を打ち
己自身をも打っている
何度波打ったら　サンゴは角が取れるのだろう
波が何回撫でたら　貝殻はあのように艶めくのだろう

時に　波は激しく怒る獅子のよう
空腹の石のよう
また時には　喜ぶ鳩のように
しばらく我を忘れている
それより多くの場合　一回一回の
波打つ音に溺れ
自身の音のなかに
万物の寂しさを聞き取っている

# 静かな夜

風によって　馬のいななきが片付けられると
黄昏は頭を低く垂れる
アサガオは　その叙事する口で
別れの哀愁を朗誦する
ホタルは　前方で
夜のために方向指示灯を点滅させている
音がしたのは　背後で戸が閉まったのかも知れない

# 神秘の符号

お祖母さんは天才的な魔術師だった
その手品は　手を使わず
自分の纏足を使った
冬の雪の原が　彼女の道具だった
彼女が通り過ぎたところには
アサガオが開き
クローバーが生えた
神秘の符号が連なっていった
今になっても　それが何だったのか分からない

# 秋の物思い

暮れ方
窓を押し開けて
秋の物思いを押し開いた
風が一吹き　私の顔に当たった
私は涼しさと
身振りによる他人への思いやりを獲得した

夕暮れのうす闇は木の葉の郵便ハガキをささげ持ち
街路灯の光るのを待っていた
それは木の葉の最後の黄昏だった

夕暮れのうす闇に捕えられた事物は

人の運命にとても似ていた
輝きと暗闇の入れ替わりの途中なら
どんな生き物にもその場にいる理由がある

ちょうど風のそそっかしさを許したように
誤って画面に闖入した鷹の騒ぎを
私は許した

# 春

子供が一つの風景と
別の一つの風景の間を
駆け回っている
彼の足取りがもう少し速くなれば
春に追いついてしまう

春の息吹は外側から開けられて
気付かないうちに
自分を露わにしてしまう

その子供とその後ずさりは
春の形を

完璧に
内側から構成している

# ヒラメの暗号

ヒラメの声は　海水の青のなかに潜んでいる
カモメは　ヒラメの声の上に座り
その声を　抒情の嘴で
翻訳している
あなたが聞くカモメの鳴き声は
実はヒラメの暗号なのだ

# 竈の煙の消えていった方角

黄昏がやって来て
ひとすじ竈の煙の消えていった方角の
風のなかで子供が幼年時代を追いかけている
犬の鳴き声が遠くに聞こえている

母は穀物の刈り入れをしていた
母は黄昏と月の光を
いっしょに背負って帰宅した

# 台風

台風のとき　最も無辜なのは植物だ
深夜　樹上の風の演奏が聞こえる
葉っぱが母体から離れるのを耳にするとき
例えばチェロの音が途絶える
何とも豪華な交響楽は
植物のチームワークによってもたらされる

夜明け　世界は静まり返っている
誰かが植物の死骸を片付けている
そこはきれいさっぱりして　流れた血も
すっかり消えたが
一本のハクモクレンが　断ち切られた腕の

残りを　傷口を　いつまでも差し上げ
天に向かって敬礼している

# 相手のいない孤独

私と風は　広野を歩いている
私に風が見えないのと同じように
風にとっても　私は
行方の知れない物だ

私の通り過ぎたところには
私の代わりに風
風の通り過ぎたところには
依然として風

私は風の完全無欠を感じ取り
そこに自分の不在を感じるけれども

聞こえるのだ　相手のいない孤独を
小声でぼそぼそ訴えるのが

# 風が一吹き

枇杷は枇杷の上
カササギの脚の下
風が一吹き
風は吹くという出し物を一回演じる
カササギの影は一回落下する

もっと多くの事物が
同一時刻に一吹きを経験し
もっと多くの影が
同時に吹かれる

風が吹いていると

歳月は吹くという表情になる
カササギは別の枇杷の葉っぱになる

# 軽

眼差しは軽い　影は軽い
軽薄も軽い
すべて軽いものは
みんな飛びたいという欲望を持っている

それらは内部から出て
空中に懸かり
事物の上に懸かる
漂うというのは　状態のことだ
もっと多くの時間
それらは墜落を追及している
タンゴのステップで

雪の花の速度で
凧揚げをしている子供は
手にした糸を　今しも手繰り寄せているところだ

# 雪の花

雪の花は　結晶という姿で
漢字という形で　幾何学という形式で
空を気ままに飛び回っても
ひとひらが　他のひとひらに雷同するということはない

それらは氷の彫刻品であり
水の別の種類の復活であり
それらは岩石、草木と
時間、皺と
共に一つ祖先に属している
それらは形式の上に独立し

規律の内に存在し
ダイヤモンドダスト界の美学を構成している

空中から地面まで
それらは舞い飛び　溶けて
この世界に何の証拠も
残さない

# 正午

母鶏が地面の陽の光の
金塊をついばんでいる
蟻が六本の脚で
八月の空を引きずっている

風だけが何も残さずに吹き
草木だけが生真面目に成長し
時間だけが少しずつ少しずつ
勇敢に自分を埋葬してゆく

# 自動車事故は私と関りが

私がドアを閉めたとき　雨が降ってきた
通りに出たところで　自動車事故を目撃した
この一切は　私とは無関係のようで
あたかも私と必然的な関連があるかのようだ

私は通りから引き返し　ドアを開けて
雨は雲へ帰ってゆけるのかどうか　見てみようと思った
自動車事故は発生しないのかどうか　見てみようと
世界は私の一進一退の内に
異なる秩序を生むのかどうか　見てみようと

# 大地が立ち上がる

楓の葉が舞い散っている
鳥の声が辺りに落ちる
川筋の老いた馬が
尻尾を振って日暮れの景色をひっぱたく
夕陽の手が撫でたところは
どこも憂いに染まっている

もうすぐ黄昏が来る
大地が身を起こし
高みから
自分自身を見下ろす

# 何と人の運命に似ていることか

夕陽は大地の腹部に
口紅を塗る
山と谷の凹凸に、川の水の騒がしいところに
木に枝の死んだその部分に塗り
時には風の息づかいのなかにも
ダチョウが横目で見るその眼差しにも　塗り
去ってゆくその後ろ姿も見逃さない

彩りは塗るほどに淡くなり
塗るほどに　塗りはますますいい加減になる
一方で形を造りながら　一方では消え去ってゆく
これは何と人の運命に似ていることか
孤独までもが　完璧なものではないということだ

# 宴席は幾つもお開きに

私たちが楠の下に腰を下ろせば
秋たけなわ　宴席は幾つもお開きになっている

多年　私たちはむやみに駆けずり回り　あくせく忙しく
地上を行ったり来たり
雨水を拾って植えた果実が
私たちのしっかり握りしめているもの
独りよがりは　私たちに必要なもの

だらだら続く細々としたことのなかで
私たちは愛と別れを抱き
寒さと死も抱いている

私は低い場所から　高みにある事物と
淵の静かな水のなかにあるそれと　二つながらに
揺れているのを目に留める

# 訳者後書き

この詩集は、電子版で届いた『盛祥蘭詩選』を訳出したものである。

その間、「この詩はどんな風景のなかにあるのだろう」、「彼女はどんな光景のなかで育ったのだろう」などと、自分の持ち合わせの風景と、詩人の心の内にあるだろう風景とを較べてみたり、重ね合わせてみたりすること度々だった。

詩中の、光や風や雲や雪、鳥や虫や植物、そうして石も、ほとんど私が体験したり、見聞きしたりしたものとほとんど変わらないと思う一方、どれも彼女一人だけのものだとも感じた。その心が捉えた独自の細部が感じられ、それらは年月の経過のうちに温められてきたものに違いないと思われた。子供時代の網膜が捉えた風景の輪郭や色合いや光や影は、長年にわたって内に生き続け、熟成されてきた。いつも通った小道、道々目にした草花、耳にした鳥の声、遠く眺めた夕映え、尾根。川原の石。

思えば、ありふれてはいるが、私にも私だけの風景があり、時に点景となって遠方からやって来ることがある。しばらく近くにいて、いつの間にかまた戻って行ってしまう。

黄昏も夕暮れも、地形や緯度の違いこそあれ、ほとんど何処でも同じものだ。陽は海に沈み、砂漠に落ち、山を越える。山は、緑の里山、青い山脈、雪を頂く高嶺。多様で千差万別だが、山は山。陽の沈むところ。盛祥蘭の見た山は、緑の山、なだらかな青い山脈だったのだろう。長白山を遠望できたかも知れない。それらは、どこにでもある、私にも思い浮かべることの可能な風景――黄昏だっただろう。きっと紅葉もあり、冬枯れもあった。しかし、彼女が思い浮かべる風景は彼女独自のものだ。ものを見る目はそこで育てられ、それが後に「詩」を見出すようになったのだと思う。青い空、白い雲も雪も、そして吹く風も、同じ働きをしたことだろう。「落日の荘厳」最終行では、「私たちは知恵を全部使い果たしても／やっぱり落日の荘厳を制止することはできない」と述べている。

黄昏は様々に表現される。例えば「夕陽は大地の腹部に／口紅を塗る」（「何と人の運命と似ていることか」）。「夕陽の手が撫でたところは／どこも憂いに染まっている〃もうすぐ黄昏が来る／大地が身を起こし／高みから／自分自身を見下ろす」（「大地が立ち上がる」）。「母は黄昏と月の光を／いっしょに背負って帰宅した」（「竈の煙の消えていった方角」）。「風によって　馬のいななきが片付けられると／黄昏は頭を低く垂れる」（「静かな夜」）。「夕陽が山の頂で　身を焼き／炎が空の半分を赤く照らしている」（「黄昏の秘密」）。「太陽を背負っていることをお祖父さんは知らなかった」（「太陽を背負う人」）。「この世のどんな生き物も／この黄昏を同時に経験している」（「村里の黄昏」）。「夕映えは空の果てで　独り舞いをしている」（「夕映え」）。「ちょうど黄昏が夜の翼を広げるのが見え」（「途中の秘密」）。

これらの表現は、盛祥蘭独自のものでありながら、古今東西のあらゆる人のものでもあるだろう。詩人は時間の推移に心を動かされてしまう。それが最もはっきり見えるところまで身をかがめ、そこから羽ばたこうとする。そのようにして都市を生きている。

陶淵明は、「飲酒二十首、其五」で「山気　日夕に佳し、飛鳥　相与に還る。」と、李白は、「杜陵絶句」で「秋水　落日明らかに　流光　遠山滅す」と、王維は、「鹿柴」で「返景　深林に入り　復た青苔の上を照らす」と、また李商隠は、「楽遊原」で「夕陽　無限に好し　只だ是れ　黄昏に近し」と詠じたのだった。

盛祥蘭の詩は、言わば原風景に支えられている。そこから言葉を引き寄せているのだと思う。私は盛祥蘭の絵のなかに「黄昏」や「夕陽」の光や陰、広がりや細部を探したくなる。光や風や雲や石が、何処かに内包されているのではないかと想像する。

## 作者略歴

盛祥蘭《シェンシアンラン》

吉林省撫松県生まれ。現在広東省珠海市在住。若い頃、ロシアのサンクトペテルブルグ文化芸術大学に留学。一九九一年全国青年作家代表大会に参加。中国作家協会会員。

作品は『人民文学』、『詩刊』、『上海文学』、『作家』、『散文』等の刊行物に相次いで発表され、詩集『偶然』、『私たちは皆宇宙の一払い』、長編小説『愛の風景』、小説集『追放された感情』、散文集『ペテルブルグの恋』、『歳月流れる水の如し』、『幼年の日々』等の著作がある。

『二〇一九中国最佳詩歌』(遼寧人民出版社)、『二〇二〇日々の詩めくり』(中国青年出版社二〇一九年)、『二〇〇〇年中国年間ベストショートショート』(漓江出版社)、『当代青年に最も愛される珠玉の散文――名人を敬慕する』(百花文芸出版社二〇一〇年)等の各種選集に入集。エスペラント語、日本語に翻訳され、散文集『幼年の日々』は、広東省有為文学賞第五回「九江竜」散文賞、第二回蘇曼殊文学賞を受賞。

## 訳者略歴

竹内《たけうち》 新《しん》

一九四七年愛知県生まれ。名古屋大学文学部中国文学科卒。愛知県立高校国語科教員を定年退職。その間二年間、中国の吉林大学外文系で文教専家(日本語)。詩集『歳月』、『樹木接近』、『果実集』(第55回中日詩賞)、『二人の合言葉』。『文革記憶』(駱英)、『西川詩選』など、訳詩集多数。

盛祥蘭《シェンシアンラン》詩選《しせん》

著者
盛祥蘭
訳者
竹内　新
発行者
小田啓之
発行所
株式会社思潮社
〒一六二－〇八四二　東京都新宿区市谷砂土原町三－十五
電話〇三（五八〇五）七五〇一（営業）
〇三（三二六七）八一四一（編集）
印刷・製本
三報社印刷株式会社
発行日
二〇二四年二月二十九日